Aventura mágica de Dora

adaptado por Christine Ricci
basado en guión original de Eric Weiner
ilustrado por Susan Hall

SIMON & SCHUSTER LIBROS PARA NIÑOS/NICK JR.
Nueva York   Londres   Toronto   Sydney

Basado en la serie de televisión *Dora la exploradora*™ que se presenta en Nick Jr.®

SIMON & SCHUSTER LIBROS PARA NIÑOS
Publicado bajo el sello editorial de la División Infantil de Simon & Schuster
1230 Avenue of the Americas, New York, New York 10020
© 2004 por Viacom International Inc. Traducción © 2006 por Viacom International Inc.
Todos los derechos reservados.
NICK JR., *Dora la exploradora* y todos los títulos relacionados, logotipos y personajes son
marcas de Viacom International Inc.
Todos los derechos reservados, incluida la reproducción total o parcial en cualquier formato.
SIMON & SCHUSTER LIBROS PARA NIÑOS y el colofón son marcas registradas de
Simon & Schuster, Inc. Publicado originalmente en inglés en 2004 con el título *Dora's Fairy-Tale Adventure*
por Simon Spotlight, bajo el sello editorial de la División Infantil de Simon & Schuster.
Traducción de Argentina Palacios Ziegler
Fabricado en los Estados Unidos
Primera edición en lengua española, 2006
2 4 6 8 10 9 7 5 3 1
ISBN-13: 978-1-4169-1184-5
ISBN-10: 1-4169-1184-7

Había una vez . . . .

Dora y Boots estaban jugando en el país de las hadas.

De repente, cuando Boots no estaba mirando, ¡una bruja malvada lo hechizó y lo convirtió en Boots durmiente! Los habitantes del país de las hadas le dijeron a Dora que lo único que podría despertar a Boots era un abrazo de una princesa de verdad.

Esto preocupó a Dora. Ella no conocía a ninguna princesa de verdad. —¡Yo tengo una idea!— exclamó un enanito amigable. —*Tú* puedes convertirte en princesa de verdad y despertar a Boots durmiente!

Los enanitos le dijeron a Dora que para convertirse en princesa de verdad tenía que pasar cuatro pruebas. Primero tenía que encontrar el anillo rojo. Después tenía que enseñarles a las rocas gigantes a cantar. Después tenía que convertir el invierno en primavera. Y finalmente tenía que traerles a la reina y al rey nada menos que la luna.

Dora partió de inmediato a buscar el anillo rojo. Pero éste estaba escondido en una oscura caverna tenebrosa. Dora no quería despertar al dragón que habitaba la caverna; calladita se adentró en puntillas. Allí avistó el fulgor del anillo rojo.

¡Pero justo en el momento en que Dora trataba de alcanzar el anillo, el dragón despertó!

Dora se puso el anillo en el dedo rápidamente. En un santiamén la caverna del dragón se convirtió en un bellísimo palacio. ¡Y el dragón quedó transformado en príncipe!

El príncipe le dijo a Dora que la bruja malvada lo había convertido en dragón. Estaba tan agradecido a Dora por liberarlo que le dio una cajita de música mágica.

—Esto te va a servir para convertirte en princesa de verdad— dijo el príncipe.

Dora le dio las gracias y siguió su camino hacia la siguiente prueba.

Pronto se encontró Dora con las rocas gigantes.
"¿Cómo puedo enseñarles a cantar a estas rocas gigantes?" se
dijo a sí misma. Entonces Dora recordó la cajita de música mágica que le
había regalado el príncipe. Le dio cuerda con mucho cuidado.

La cajita de música empezó a tocar una melodía hermosísima. La música era tan agradable que Dora estaba segura de que haría cantar y bailar a cualquiera.

"¡Tilín tilín tilín tilán. A estas rocas enseñaremos a cantar!" cantó la cajita de música mágica.

Poquito a poquito las rocas gigantes abrieron los ojos. Y entonces, para asombro de Dora, ¡empezaron a bailar y cantar! "¡Tilín tilín tilín tilán. Nos enseñaste a cantar!"

Cuando terminó la canción, Dora les dijo a las rocas que tenía que seguir su camino.

—¡Boots durmiente me necesita!— dijo ella.

—¡Espera!— exclamaron las rocas gigantes y le dieron un regalo a Dora. —Esta bolsita contiene luz solar que te va a servir para convertirte en princesa de verdad.

Dora les dio las gracias a las rocas gigantes y corrió por el camino.

Poco después Dora sintió frío. Empezó a nevar y un viento frío daba vueltas a su alrededor.

"Debe ser el valle del invierno," pensó. "¿Cómo puedo hacer que el invierno se convierta en primavera?"

De pronto, recordó la bolsita de luz solar. Dora abrió la bolsita y un pequeño sol salió flotando hacia el cielo.

Los rayos del sol derritieron la nieve. El jardín floreció. Las hojas crecieron en los árboles. Los pajaritos, las mariposas y los animales salieron a jugar en la suave yerba nueva.

—Gracias por convertir el invierno en primavera— dijeron los animales.

—Toma este cepillo de pelo— dijo un conejito. —Te servirá para que te conviertas en princesa de verdad y puedas despertar a Boots durmiente.

Por fin, Dora llegó a un castillo. Subió las escaleras hasta la cima de una alta torre. Ahora Dora enfrentaba la prueba más ardua de todas.

"Cómo voy a llevarles la luna a la reina y al rey?" se preguntó a sí misma.

Dora levantó la mirada a la luna y comprendió que para eso necesitaba la ayuda de sus amigos.

Isa, Tico y Benny oyeron que Dora pedía ayuda. Pero antes de llegar a ella, la bruja malvada hizo desaparecer las escaleras de la torre. Entonces a Dora se le ocurrió una idea maravillosa. Sacó su cepillo mágico y se cepilló el cabello. Cada vez que se pasaba el cepillo el cabello crecía más, hasta llegar al suelo.

Dora se dirigió a sus amigos. —¡Vengan todos! ¡Suban por mi cabello!

Dora les pidió a Isa, Tico y Benny que le ayudaran a pensar en cómo ir a la luna. Los amigos pensaron largo y tendido hasta que dieron con un plan: ¡hacer un llamado a las estrellas!

Las estrellas titilaron y refulgieron en su viaje desde el cielo. ¡Luego hicieron una escalera que llegaba hasta la luna!

Dora subió y subió hasta que alcanzó la luna.

—¡*Hello*, Dora!— dijo la luna. —¿En qué te puedo servir?

—Luna— dijo Dora. —Necesito que visites a la reina y al rey.

Cuando la luna oyó lo de Boots durmiente, accedió a ayudarla y flotó cielo abajo hasta la torre.

—Dora— dijo el rey. —Tú has encontrado el anillo rojo. Has enseñado a las rocas gigantes a cantar. Has hecho que el invierno se convierta en primavera. Y has traído la luna a la reina y al rey. ¡Eres ahora una princesa de verdad!

La luna fulguró en el cielo. Las estrellas titilaron. Y los arcos iris bailaron por el aire para celebrar que Dora se convirtió en una princesa de verdad por arte de magia!

—¡Viva la princesa Dora!— exclamó todo el mundo.

Los unicornios del rey volaron con la princesa Dora a cuestas hasta donde estaba Boots durmiente.

¡La princesa Dora envolvió a Boots durmiente en sus brazos y le dio el abrazo más grande del mundo! Y entonces . . . ¡Boots durmiente abrió los ojos!

Y así fue como al fin despertó Boots durmiente. La bruja malvada voló lejísimo y nadie volvió a verla jamás. ¡Y todos en el país de las hadas vivieron felices y comieron perdices!

Fin